¡En dondequiera coquíes!
La canción de Puerto Rico

por Nancy Hooper

traducido al español por Jacqueline Quiñones
ilustrado por Raymond Betancourt

Este libro pertenece a:

_____

ISBN: 0-942929-14-4
Copyright: Omni Arts, Inc., April 2003

Published by:

Omni Arts, Inc.
2 West Read Street, Suite 150
Baltimore, Maryland 21201

Toll-free (888) 964-BOOK
http://www.omnititles.com

Story: Nancy Hooper
Translation: Jacqueline Quiñones
Illustration: Raymond Betancourt
Cover Design: Richard Gottesman
Layout: Sutileza Graphics

Printed in China

Dedicaciones

Para mis hijos Megan y Daniel, y nuestros
años felices en Puerto Rico
Nancy Hooper

Para mis hijos Benjamin y Jordan
Jacqueline Quiñones

Para mis sobrinas Nalani y Amber
Raymond Betancourt

 El coquí es originario de Puerto Rico. Aunque es un anfibio muy pequeño, su canción de "co-quí" es muy fuerte, especialmente después de una lluvia. Turistas de La Isla confunden la llamada del coquí con la de un pájaro, pero los isleños conocen la canción y están orgullosos de su propio cantante que ha servido como inspiración para cuentos, canciones y leyendas.

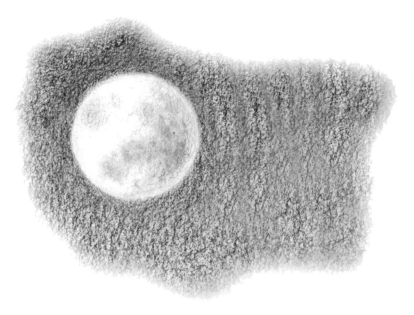

En el anciano bosque pluvial de Puerto Rico, El Yunque, había una vez un pequeño coquí que vivía en la base de una palma alta. Aunque la luna brillaba por los árboles y las lianas, el aire estaba pesado y muy tranquilo, y el pobre coquí tenía miedo de estar solo. Se asombró por las hojas y, con voz pequeña y tímida, empezó a cantar:

"co-quí, co-quí, co-quí."

Cuando dejó de cantar para recobrar el aliento, escuchó con cuidado. Solo se oía silencio. Así que empezó a cantar de nuevo, pero con más ánimo:

"Co-Quí, Co-Quí, Co-Quí."

De pronto el bosque resonaba con canción que sonaba mucho como la del coquí:

"CO-QUÍ, CO-QUÍ, CO-QUÍ."

El coquí se dio cuenta que ya no estaba solo, y sonrió. Venían más coquíes para hacerle compañía, y ya no tenía ningún miedo.

3

Todos los coquíes vivían felizmente en El Yunque. Dormían por el día, cantaban toda la noche, y cada día aparecían más y más de ello.

Hasta los coquíes bebecitos, poco después de nacer, aprendieron a cantar su nombre, **"co-quí, co-quí, co-quí"**.

Todas las voces musicales de los coquíes eran fuertes y se oían claramente durante las oscuras noches tropicales. Pero había un problema.

Centenares de cotorras verdes vivían en el mismo bosque. A diferencia de los coquíes, las cotorras cotorreaban todo el día...y dormían toda la noche. O sea, trataban de dormir por la noche.

Al principio el canto de los coquíes dejaba a las cotorras perplejas. Pero dentro de poco se sintieron irritadas por todo el ruido. Pensaban, "¿Que tipo de pájaro canta toda la noche y duerme todo el día? ¡Que mal educados!"

Una noche las cotorras malhumoradas gritaron, "¡Cállense, pájaros! ¡Y duérmanse para que nosotros también podamos dormir!"

Pero los coquíes no eran pájaros, así que no entendían lo que las cotorras les pedían. Siguieron con su canción, **"Co-quí, co-quí, co-quí."**

Ahora sí se enojaron las cotorras. Se abatieron hacia abajo en busca de la bandada de pájaros bulliciosos.

Buscaron por todas partes. Pero no importaba por donde buscaban...nunca pudieron encontrar ni un pájaro cantador.

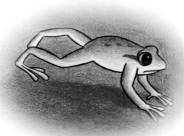

Los pobrecitos coquíes estaban muy asustados. Escondidos debajo de las ramas y las hojas, podían ver a las cotorras abatiendo y chillando.

Aterrorizados, en la mitad de la noche salieron brincando calladamente, fuera de El Yunque y lejos de las cotorras.

Por la mañana los coquíes llegaron al campo. Estaban tan cansados que pararon para tomar un descanso en el jardín de una casita de color rosa.

En lo que descansaban, los coquíes velaban al hombre y a la mujer que vivían en la casa. Ambos eran artistas de artesanías típicas de Puerto Rico. Hoy hacían caretas vejigantes de papel maché para vender en fiestas por toda la isla; a veces esculpían figuras pequeñas de los santos.

A los coquíes les gustó la vida en el campo, y cada noche cantaban con mucho gusto y ánimo.

Desafortunadamente, las cotorras en El Yunque podían oír la canción del coquí.

De nuevo se enojaron y salieron en busca de los pájaros que cantaban "**Co-quí, co-quí, co-quí**" por la noche entera.

Y de nuevo, los pobrecitos coquíes se asustaron y salieron brincando, fuera del jardín de la casita rosa y lejos de las cotorras que abatían y volaban por todos lados.

8

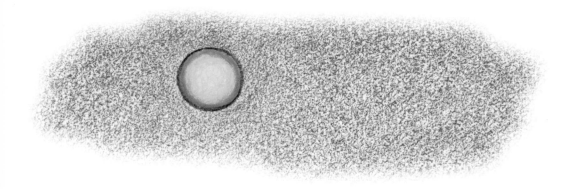

Un día los coquíes pararon para descansar en un pequeño pueblo. El aire tenía un aroma de comidas ricas, y los coquíes estaban fascinados con todo lo que veían.

Había gente pelando plátanos, cortándolos en forma de rebanadas largas y friéndolos. Luego usaban una tostonera para aplastarlos y poder freírlos de nuevo. Otras personas usaban pilones para preparar mofongo. Todo se veía tan apetitoso, y el olor era espléndido.

A los coquíes jovencitos les encantaba mirar al piragüero, raspando un bloque de hielo y colocando el hielo raspado en un cucurucho de papel, con sirope de frutas por encima.

Servía como un delicioso postre frío para los niños.

A los coquíes les gustó vivir en el pueblo, y cada noche le cantaban a la gente para que se durmieran con su canción,

"Co-quí, co-quí, co-quí."

Después de una lluvia, bebieron de gotas deliciosas y cantaron con mucho más ánimo.

Cantaron con tanto ánimo que las cotorras de nuevo fueron despertadas por la noche.

Escondidos entre la hierba y las hojas, los coquíes se escaparon, aun más lejos de El Yunque.

Dentro de poco llegaron a una ciudad grande y se establecieron otra vez más.

La ciudad era un hogar exitoso para los coquíes. Había bastante comida y agua para todos, y cada noche los coquíes cantaban su canción con mucha alegría,

"Co-quí, co-quí, co-quí."

A los ciudadanos les encantaba oír el canto del coquí porque ellos también eran musicales. Tocaban clavos, güiros, maracas y cuatros.

Y cuando los ciudadanos cantaban y bailaban, los coquíes los acompañaban con su propia canción.

Aunque les hacían falta los árboles, las raíces y las hojas de El Yunque, disfrutaron de la vida ciudadana.

La ciudad resultó ser el mejor escondite de todos. Con todos los sonidos de la vida ciudadana, las cotorras no podían oír nada de los coquíes.

Ahora sí las cotorras tenían todo lo que querían. Pero de repente, las noches eran tan oscuras y tan silenciosas...y demasiado solitarias.

Había tanto silencio y tanta soledad que las cotorras no podían dormir. Necesitaban la canción del coquí para que pudieran dormir de nuevo.

Al amanecer, muertas de cansancio, las cotorras fueron por toda la isla en busca de los coquíes, llamándolos para que volvieran.

Cuando las cotorras llegaron a la ciudad, los coquíes estaban contentísimos al oír que los pájaros espantosos habían cambiado de idea.

Salieron sigilosamente de por debajo de las hojas, de las ramas y de todos sus escondites secretos. Y cuando las cotorras vieron finalmente la apariencia de los coquíes, estaban sorprendidas al descubrir que eran coquíes pequeñitos en vez de los pájaros que ellos imaginaban.

Pidieron perdón una y otra vez por haber asustado tanto a los coquíes que se tuvieron que ir de su hogar en El Yunque.

Los coquíes perdonaron a las cotorras y se reunieron para decidir que iban hacer.

18

Aunque algunos de los coquíes decidieron quedarse en la ciudad, y otros volvieron al pueblo, la mayoría volvieron a El Yunque.

Pero, por supuesto, cuando se encontraron de nuevo en el jardín de la casita rosa, un par de familias de coquí decidieron quedarse ahí.

Hasta el día de hoy, los coquíes viven por todas partes de la isla encantadora de Puerto Rico.

Y cada noche, la canción del coquí es música para los oídos de la gente de todas las ciudades, de todos los pueblos y de todas las casas del campo.

Hasta las cotorras de El Yunque se duermen con los dulces sonidos de

"Co-quí, co-quí, co-quí."

el fin

20

Everywhere Coquís!
The song of Puerto Rico

by Nancy Hooper

translated by Jacqueline Quiñones
illustrated by Raymond Betancourt

This book belongs to:

_____

ISBN: 0-942929-14-4
Copyright: Omni Arts, Inc., April 2003

Published by:

Omni Arts, Inc.
2 West Read Street, Suite 150
Baltimore, Maryland 21201

Toll-free (888) 964-BOOK
http://www.omnititles.com

Story: Nancy Hooper
Translation: Jacqueline Quiñones
Illustration: Raymond Betancourt
Cover Design: Richard Gottesman
Layout: Sutileza Graphics

Printed in China

Dedications

To my children Megan and Daniel, and our
happy years in Puerto Rico
Nancy Hooper

To my children Benjamin and Jordan
Jacqueline Quiñones

To my nieces Nalani and Amber
Raymond Betancourt

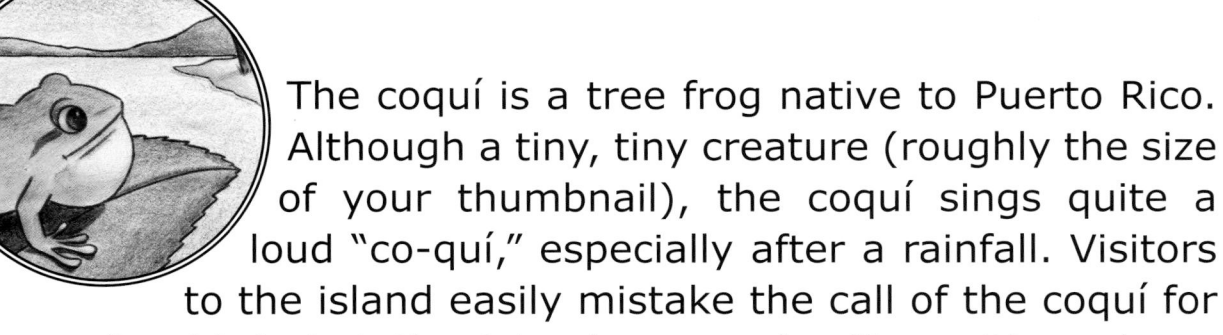 The coquí is a tree frog native to Puerto Rico. Although a tiny, tiny creature (roughly the size of your thumbnail), the coquí sings quite a loud "co-quí," especially after a rainfall. Visitors to the island easily mistake the call of the coquí for that of a bird, but the islanders are familiar with and are proud of their island singer, who has inspired many stories, songs and legends.

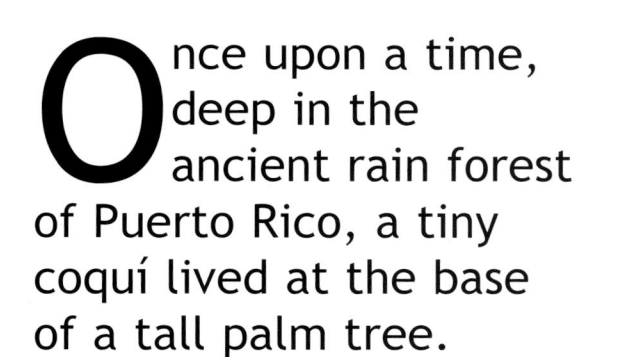

O nce upon a time, deep in the ancient rain forest of Puerto Rico, a tiny coquí lived at the base of a tall palm tree.

Although the moon shone through the trees and vines, the air was heavy and still and the coquí was afraid to be alone. He poked his head up from beneath some leaves and began to sing in a small, timid voice:

"co-quí, co-quí, co-quí."

He stopped to catch his breath and listened. It was still very quiet. He began to sing again, a little louder this time:

"Co-quí, Co-quí, Co-quí."

And soon he heard an echoing song, coming from the distance. It sounded familiar, just like his own song:

"CO-QUÍ, CO-QUÍ, CO-QUÍ."

The little coquí smiled. He wasn't afraid anymore; more coquís were coming to keep him company.

3

All the coquís lived quite happily in the rain forest. They slept all day and sang all night, and their numbers grew and grew.

Even little coquí babies learned to sing their name, **"co-quí, co-quí, co-quí**," soon after they were born.

All the musical coquí voices were loud and clear during the dark, tropical nights. But there was one problem.

Hundreds of green parrots lived in the same rain forest. And unlike the coquís, the parrots chattered all day...but slept all night. Or tried to.

At first, the parrots were mystified by the sounds they heard at night. Soon they became quite irritated by all the noise.

"What kind of bird is it," they wondered, "that sings all night and sleeps all day? That is so rude!"

One night, the grumpy parrots shouted, "Be quiet, birds! Go to sleep so we can sleep, too!"

But the coquís were coquís and not birds, and they did not understand that the parrots were shouting at them. They kept singing, **"Co-quí, co-quí, co-quí."**

Now the parrots really got angry. They swooped down, looking everywhere for a noisy flock of birds.

They searched high and low but no matter where they looked, they never found a single singing bird.

But they really frightened the little coquís! Hiding under branches and leaves, they could see the parrots swooping and squawking.

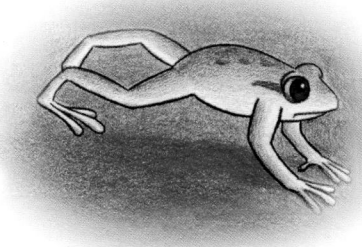

So in the middle of the night, the terrified coquís silently hopped as fast as they could, out of the rain forest...

...and away from the parrots.

6

The next morning, they came to the countryside. They were tired so they stopped to rest in the garden of a pretty pink house.

As they rested, the coquís watched the man and woman who lived in the house. They were both artists, and they made typical Puerto Rican crafts. Today they were making *vejigante* masks of papier-mâché to sell at festivals around the island; sometimes they carved miniature figures of the saints, called *santos*.

The coquís enjoyed living in the countryside, and their songs each night were joyful and loud.

Unfortunately, the parrots in the nearby rain forest could still hear their singing.

Again, the parrots became irritated and searched for the birds who were singing **"Co-quí, co-quí, co-quí"** all night long.

Again, the tiny frightened coquís had to hop through the night, away from the pink house with its garden and the green parrots swooping and flying all around it.

8

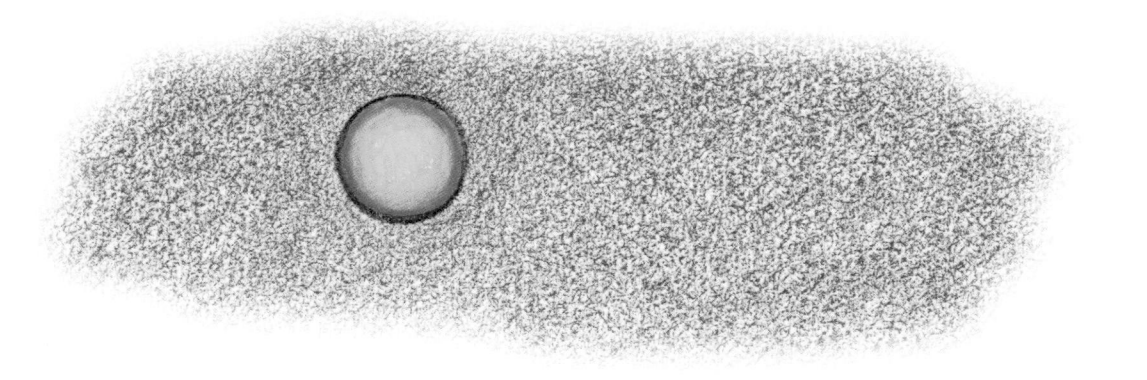

One morning, the coquís stopped to rest in a small town. Delicious cooking aromas filled the air, and the coquís were fascinated by what they saw.

They watched some people cutting big green peeled plantains into thick slanted slices and frying them until they were golden brown. Then they mashed each slice in a tostonera, making them thin before frying them again to form *tostones*. Other people were pounding plantains in a *pilón*, to make mofongo. Oh, they looked and smelled so good.

The youngest coquís watched as the *piragua* man shaved the big block of ice in his cart with a *raspa*. He put the shaved ice into a paper cone and poured a sweet, fruity syrup over the ice.

It was a delicious cold dessert for the children.

10

The coquís liked living in the town, and every night they sang the people to sleep with their song,

"Co-quí, co-quí, co-quí."

After a rainfall, they sang especially loud as they drank delicious warm raindrops.

Their song could be heard for miles, and the parrots were again awakened in the night.

Unseen among the grasses and leaves, the coquís were able to escape from the parrots once more, as they moved even farther away from the rain forest.

Soon they came to a large city and again set up a new home.

The city was an exciting place for the coquís to live. There was lots of food and water for all of them, and they happily sang their song each night,

"Co-quí, co-quí, co-quí."

The city people loved hearing them, because they made music too. They played instruments called *clavos*, *güiros*, *maracas* and small guitars called *cuatros*.

As the city people sang and danced, the coquís sang along.

They enjoyed the city, even thought they missed the trees and roots and leaves of the rain forest.

The city turned out to be the best hiding place of all. With the sounds of city life, the parrots could not hear the coquís at all.

Now the parrots had the rain forest all to themselves. The nights were dark and quiet and...yes, very lonely.

It was so quiet and lonely that the parrots couldn't sleep in all that silence. They needed the coquís to come back to sing them to sleep.

And so, at daybreak, as tired as they were, the parrots began to search the entire island, calling for the coquís to come back.

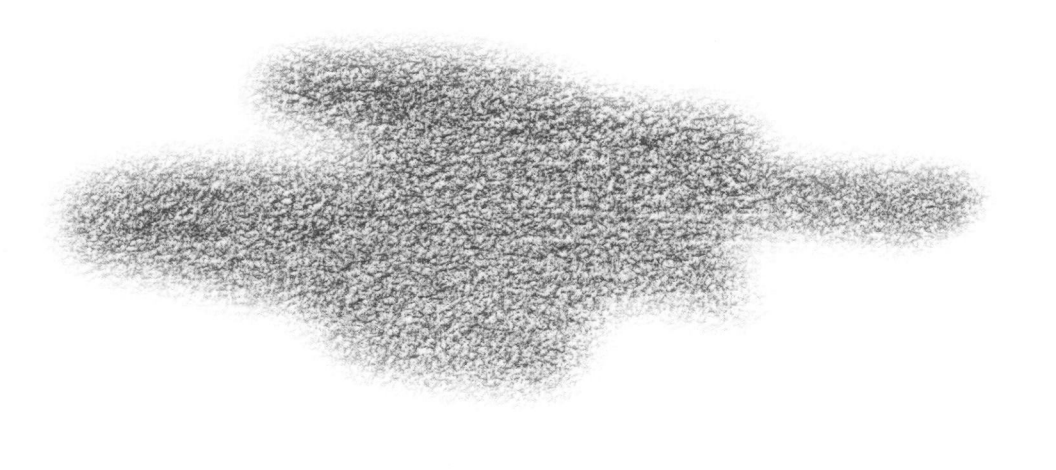

When the parrots reached the city, the coquís were overjoyed to hear of their change of heart.

They crept out from under the leaves and branches and all of their secret hiding places. And when the parrots finally saw them, they were shocked to see hundreds of tiny coquís instead of the birds they thought they were looking for.

They apologized over and over again for frightening the tiny coquís away from their home in the rain forest.

The coquís forgave the parrots for frightening them and had a meeting to decide what to do.

18

Although some coquís decided to
stay in the city, and some others returned
to the town, most of them moved back to
the rain forest.

Of course, when they came upon the garden of
the little pink house again, one or two coquí families
decided to live there.

To this day, tiny coquís live far and wide on the
enchanting island of Puerto Rico.

And every night, their beautiful song is music to
the ears of the people of every city, town and country
home.

Even the parrots of the rain
forest can fall asleep to the
sweet sounds of

"Co-quí, co-quí, co-quí."

the end

20

Glossary

clavos.....Used in traditional Puerto Rican music, they are a pair of smooth, thick wooden sticks that are banged together to create hollow percussion sounds.

coquí.....A unique species of tree frogs in Puerto Rico that begin to sing "co-quí" (pronounced "ko-kee") at sunset and sing all night long. At dawn, they stop singing and head for their nest. Coquís can be found nearly everywhere on the island. The coquí is a very popular creature throughout the island and enlivens the evenings with its song.

cuatro.....A guitar-like instrument with 10 strings (arranged in five pairs) whose name (translated as "the fourth") is derived from the tradition of tuning its strings in variables of half-octaves (that is, fourths). Considered the national instrument of Puerto Rico.

El Yunque.....Located in Puerto Rico, it is the only rain forest in the U.S. National Park Service, with 28,000 acres of lush tropical forest, unique flora and fauna, and a myriad of brooks and waterfalls.

güiro.....Used in traditional Puerto Rican music, it is a hollowed gourd with ridges cut into the side and played with a wire fork, creating scratchy percussion sounds.

maracas.....Used in traditional Puerto Rican music, they are a pair of gourds filled with pebbles or dried beans and mounted on handles, creating rattle-like percussion sounds.

pilón.....Used in traditional Puerto Rican cooking, it is a mortar-like wooden kitchen tool, with pestle, used for pounding or mashing plantains, garlic, herbs and condiments.

raspa.....A special metallic tool used to shave ice for piragüas.

santos.....The saints honored in Puerto Rico through Catholicism or Santería (religion brought to Puerto Rico by the Africans).

tostones.....Fried plantains, a very popular dish in Puerto Rico, usually served with the traditional rice and beans. A plantain is a firm, large banana, sometimes called a "cooking banana."

vejigante mask.....A very popular Puerto Rican craft, it is a papier-mâché mask worn at island festivals by costumed revelers called vejigantes. Vejigantes often wear bat-winged jumpsuits and roam the streets either individually or in groups.